Lee Aucoin, *Directora creativa*
Jamey Acosta, *Editora principal*
Heidi Fiedler, *Editora*
Producido y diseñado por
Denise Ryan & Associates
Ilustraciones © Jack Hughes
Traducido por Santiago Ochoa
Rachelle Cracchiolo, *Editora comercial*

Teacher Created Materials

5301 Oceanus Drive
Huntington Beach, CA 92649-1030
http://www.tcmpub.com
ISBN: 978-1-4807-2961-2
© 2014 Teacher Created Materials

La casa dinosaurio

Escrito por James Reid
Ilustrado por Jack Hughes

Hay una casa en nuestra calle que
no parece una casa.

3

Parece una criatura. Las plantas crecen
por todas partes.

5

La casa parece tener cuatro
piernas fuertes.

La casa parece tener un cuerpo grande
y naranja.

Una larga cola parece haber crecido sobre la cerca.

La llamamos la casa dinosaurio.
Nos encanta jugar allá.